AF211223

DE KREATIVA ÅREN PÅ
LEXINGTON FRITIDSGÅRD

-

ULF SVERNHAMMAR
BJARNE HOFF

FSC
www.fsc.org
MIX
Papper från
ansvarsfulla källor
Paper from
responsible sources
FSC® C105338

© 2021 Ulf Svernhammar & Bjarne Hoff

Framgångsreceptet - Andra reviderade upplagan som nu byter namn till:
De kreativa åren på Lexington fritidsgård

Tidningsklipp från Trollhättans Tidning/Lilla Edet Posten.
Omslag & utformning: Bjarne Hoff
Logga Lexington: Owe Einarsson
Bilder: Privata & lånade

Förlag: BoD – Books on Demand, Stockholm, Sverige
Tryck: BoD – Books on Demand, Norderstedt, Tyskland

ISBN: 978-91-7969-090-8

Innehållsförteckning

Förord 7
Bakgrund 8-13
Organisation 14-15
Personal 16-19
Arbetsmetod 20-21
Receptet 22
Nycklarna till framgång 23–27
"Våra idéer planterades vid lunchbordet" 28
Kloka citat 29
Chefsrollen 30
Hur fick vi den "goa vi känslan"? 31
Goda råd 32-33
Öppen verksamhet 34-37
Musik 38-49
Idrott 50-51
Teater 52-53
Tjejverksamhet 54-55
Café-grupp 56-57
Verkstad 58-59
Friluftsliv 60-61
Alternativ skolgång 62-64
Bilder 65
Rasism 66-67
Slutord 68

Till minne av Lexington fritidsgård som brann ner till grunden 31 mars 2020.

FÖRORD

13 november 2019 gav vi ut den första upplagan av Framgångsreceptet – de kreativa & lustfyllda åren på Lexington fritidsgård. Vad har hänt sen dess?

Jo, med stor sorg i hjärtat kan vi konstatera att Lexingtons fritidsgård brann ner till grunden 31 mars 2020.

En ny reviderad version av boken i nytt format är på sin plats, givetvis kryddad med lite bilder från förr.
En minnesbok och eller tips till dig som arbetar med ungdomsverksamhet i någon form.

Vår berättelse går tillbaka till 1990-talet då Trollhättan och Sverige präglades av lågkonjunktur, starka sociala spänningar och främlingsfientliga tongångar.

Trots ovan nämnda förutsättningar lyckades vi bedriva och utveckla en framgångsrik fritidsgårdsverksamhet. Boken handlar framförallt om vår lyckade arbetsmetod varvat med lite exempel från de olika verksamheterna som vi bedrev.

Ulf Svernhammar & Bjarne Hoff

Trollhättan våren 2021

BAKGRUND

Trollhättan, arbetarstaden invid vackra Göta älv, en kommun
på cirka 43 000 invånare på 1990-talet med
socialdemokratiskt styre. De två stora företagen var SAAB
och Volvo med cirka 12 000 anställda. Den ekonomiska och
industriella krisen som drabbade Sverige under 1990-talet
slog hårt mot staden då tusentals arbetare blev
permitterade från SAAB. Det fanns några få ljusglimtar på
arbetsmarknaden, en av dem var Film i Väst som startade
sin verksamhet 1992 och har fram till i dag producerad cirka
1000 filmer inom olika genre.

Under 1990-talet präglades staden av starka sociala
spänningar och främlingsfientliga tongångar. Moskébranden
och misshandel av en man från Somalia var de värsta dåden.
Media pekade ut Trollhättan som "rasismens huvudstad".

Lextorp en växande stadsdel i södra delen av Trollhättan. Stadsdelen uppfördes i början av 1970-talet och har ett delområde som kallas Granngården med höghus och centrumanläggning, invid ligger Lextorpskyrkan. Närmast E45 ligger ett villaområde som även inkluderar en del äldre hus. I övrigt består stadsdelen av uteslutande småhus, varav en stor del är radhus.

Bilder: Bjarne Hoff sid 9-10.

Granngårdens centrum och Lextorpsskolan invigs 1977. Invånarantalet i stadsdelen ökade för varje år och därmed också antalet ungdomar. Behovet av en träffpunkt för ungdomar i hjärtat av Lextorp var stort. Politiker och tjänstemän såg till att ungdomarna fick ett antal kvadratmeter i källarlokalerna på Granngårdens centrum. Lokalerna var tyvärr alldeles för små utifrån behovet och inte anpassade för fritidsgårdsverksamhet.

Efter ett antal år i olämpliga lokaler ökade behovet av att bedriva en kommunal fritidsgårdsverksamhet i större skala. Politiker och tjänstemän lyssnade till boende, föräldrar, ungdomar samt fritidsledare och förstod behovet. Till slut efter många möten och diskussioner fattade man ett beslut att bygga en fristående byggnad behovsanpassad för just fritidsgårdsverksamhet. Den nya fritidsgården på Lextorp invigs i februari 1989.

LEXINGTON

De närmaste grannarna till fritidsgården var Lextorpsskolan F-6 och en fotbollsplan med tillhörande idrottsanläggning. Stora grönytor omgav fritidsgården med möjlighet till olika slags aktiviteter såsom Inlines, basket och volleyboll. Fritidsgården var på cirka 450 m^2. När du kom in på Lexington möttes du av en välkomnande miljö. Du kunde slå dig ner i någon av soffgrupperna eller vid ett runt cafébord och höra det sprakande ljudet från braskaminen. En vikvägg skilde caféet från en stor samlingssal där det nästan alltid spelades innebandy och bordtennis. I caféet spelades det ofta sällskapsspel, kort, dart eller så hängde man bara med kompisar och fikade. Caféet var hjärtat på Lexingtons fritidsgård. Musik i olika former var ett stort intresse för ungdomarna på Lexington. Mer om musiken på sida 38-49. Andra populära verksamhetsrum på fritidsgården var bland annat biljard, bio och keramik-rummet.

Vi hade även tillgång till en verkstad i Upphärad och fritidsgårdarnas sommargård i Öresjö med tillhörande Kamratbana.

Bilder från Lexingtons arkiv på sid 12-13.

* 15 FEBRUARI 1989

-

† 31 MARS 2020

Lexington invigdes 15 februari 1989. Bild: Bjarne Hoff

Lexington brann ner till grunden 31 mars 2020. Bild: Bjarne Hoff

"AN ORGANIZATION MUST BE RUN
BY IDEAS, NOT BY HIERACHY"

- STEVE JOBS / APPLE

ORGANISATION

Vi anser att det är viktigt att avståndet mellan politiker, chefer och medarbetare inte blir för stort. Vi har tyvärr dåliga erfarenheter av att ligga i en stor och kanske helt fel förvaltning där utbildning och barnomsorg alltid kom i första hand. Den icke lagstadgade fritidsgårdsverksamheten hamnade allt som oftast längst ner på dagordningen. När vi lämnade den stora KUB förvaltningen och blev en del av Kultur- och Fritidsförvaltningen blev det mer fokus på de viktiga ungdoms och fritidsgårdsfrågorna.

Senare i berättelsen kommer vi att noggrant gå igenom vår lyckade arbetsmetod. Vår arbetsmetod utvecklas bäst i en platt organisation där medarbetarna själva har ett stort ansvar över sina arbetsuppgifter och hur man ska nå de uppsatta målen. En lämplig organisationsmodell är en del av medarbetarnas inre motivation. Schyssta arbetsvillkor och ett nära ledarskap banar vägen för ett framgångsrikt arbete.

PERSONAL

Vi (Ulf och Bjarne) har drygt 70 års samlad erfarenhet av fritidsgårdsverksamhet inom kommunal sektor. I början arbetade vi på olika fritidsgårdar i Trollhättan för senare sammanstråla på Lexingtons fritidsgård. Behovet av ökat öppethållande medförde att vi till slut blev fem heltidsanställda fritidsledare plus timanställningar. En god rekrytering samt ett drägligt arbetsschema, bra balans mellan dag och kvällstid, gjorde att vi fem kunde vara intakt en längre tid. Vi förstod ganska tidigt att våra individuella kunskaper och erfarenheter måste samköras i en bra arbetsmetod. Vi kommer att beskriva mer ingående om vår lyckade arbetsmetod senare i berättelsen.

Det var lika viktigt att göra en noggrann rekrytering även med timanställningarna. Det är lätt att ta timanställningarna med en höft och anställa någon från gatan, vilket kan leda till bekymmer. Det är av stor vikt att personalstyrkan består av en bra mix och bredd gällande ålder/kön/kunskap för att nå framgång med ungdomsarbetet. Senare i vår berättelse på verksamhetssidorna kommer ni att märka hur personalens olika specialkunskaper skapade nyfikenhet, engagerade ungdomar och ledde fram till ett mycket innehållsrikt och varierat utbud av verksamhet på gården.

- ❖ <u>Ulf Svernhammar</u> -56, fritidsledare, föreståndare och fritidsgårdschef. Har varit verksam sedan 1977 inom fritidsgårdsverksamheten. Har arbetat som tennistränare och golfinstruktör. Har spelat JSM i golf (hcp4) och har tagit SM-brons i racketlon (bordtennis, badminton, squash, tennis). Konstigt nog är han fostrad i Unga Örnar.
  Motto: "Det viktigaste är att vinna"

- ❖ <u>Bjarne Hoff</u> -65, fritidsledare. Har arbetat sedan 1985 inom fritidsgårdsverksamheten. Har arbetat som musikhandledare hos lokala studieförbund. I unga dagar en "punkrebell". Är känd musikprofil i Trollhättan. Sonen Tobias har spelat fotboll i pojklandslaget.
  Motto: "De e möcke nu".

- ❖ <u>Karin Jacobsson</u> -68, fritidsledare. Har arbetat sedan 1995 inom fritidsgårdsverksamheten. Hon är en känd teaterprofil i Trollhättan. Pappa Bengt är känd revykung och brodern Anders är sångare och gitarrist i Kung Kaktus. Enligt bekräftade uppgifter så fastnade hon i en barnsadel.
  Motto: "Engagera mera".

- ❖ <u>Gunilla Engström</u> -62, fritidsledare. Har arbetat sedan 1996 inom fritidsgårdsverksamheten. Friluftsliv, hundar och idrott är Gunillas intresseområden. Hon har spelat fotboll i Trollhättans IF samt varit uttagen till svenska damlandslaget i mitten på -80 talet. Enligt bekräftade uppgifter så tömde hon en bar i Italien. Motto: "För att göra en lång historia kort".

- ❖ <u>Mikael Gustavsson</u> -66, fritidsledare. Har arbetat sedan 1996 inom fritidsgårdsverksamheten. Mikael är en mycket händig man. Han snickrar, lagar bilar, syr balklänningar för att nämna några specialkunskaper. Med andra ord så är han ett påtagligt hot mot mansskäktet. Han har meriter inom Taekwondo. Motto: "Inget är omöjligt".

ARBETSMETOD

- ➢ Receptet
- ➢ Nycklarna till framgång
- ➢ Våra idéer planterades vid lunchbordet
- ➢ Hur fick vi den "goa vikänslan"
- ➢ Chefsrollen
- ➢ Goda råd

Vår arbetsmetod på Lexingtons fritidsgård gick ut på att plantera idéer hos varandra istället för att presentera färdiga idéer. Vi såg till att idéerna växte fram mellan oss i personalgruppen, där ungdomarnas idéer, tankar och förslag vävdes in och spelade en central roll för att nå framgång. All personal var med och tyckte till, funderade, tänkte utifrån sin egen kunskap och erfarenhet. Våra olikheter var faktiskt vår största tillgång och styrka!

Nyckelorden var viktiga och blev mycket centrala i vårt sätt att arbeta. Nyckelorden kommer vi att beskriva mer ingående under sidorna "Nycklarna till framgång". Delaktighet, inflytande och motivation hos både personal och ungdomar skapade goda förutsättningar och var ett verktyg för vår framgång. Vi ville inte bli övertalade utan övertygade! Man vet inte före man har tänkt själv.

RECEPTET

BLANDAS MED RESPEKT & GLÄDJE

56 dl Möjligheter

75 kryddmått Mod

13 liter Lyhördhet

100 cl Gemenskap

65 msk Utveckla

2 liter Upptäcka

1 näve Påverka

100 % Humor

NYCKLARNA TILL FRAMGÅNG

Det var viktigt för oss att alla kom till tals, allas idéer skulle prövas på något sätt. Det är lätt att bli bakbunden i en kommunal verksamhet, vilket ibland hämmar kreativiteten, framåtandan och glöden.

Vi såg ibland utanför de traditionella ramarna och **vågade misslyckas** och faktiskt att lyckas. Vår goda kunskap, en inre motivation, ett brinnande intresse för ungdomsfrågor och att tänka utanför boxen kunde mynna ut i: vi kör till det är klart! Vi kunde tänja på arbetstidslagarna i samråd för att kunna ro verksamheter och projekt i land.

Vi tittade utanför den kommunala sektorn. Vi sökte pengar i och utanför den egna kommunen. Vid ett tillfälle fick vi medel direkt från regeringskansliet för att kunna genomföra en resa till Auschwitz. Om ni har svårt att skriva ansökningar själva så finns det säkert någon på förvaltningen i er kommun som kan vara behjälplig med detta.

Arbetsmetoden handlar mycket om hur och att vi gjorde det **tillsammans**. Vi hade aldrig nått framgångar utan den gemensamma kraft som vi skapade. Ett klokt ledarskap och en ömsesidig respekt för varandra utgjorde grunden för vår framgång. Ensam är inte starkast. Tillsammans blev vi en betydande personalgrupp som kunde påverka och utveckla.

Vi träffades ibland utanför arbetstid och gjorde trevliga saker tillsammans, vilket gav ett mycket tillåtande och bekvämt klimat när vi träffades på arbetet.

Vi hjälpte varandra oavsett verksamhet. Exempel: Karin och ett gäng ungdomar ville sätta upp en teaterföreställning, då blir Bjarne och ett gäng ungdomar delaktiga med musiken till föreställningen, Gunilla och café-gruppen tog hand om bak och försäljning i samband med föreställningen, Micke tillsammans med verkstads-ungdomarna byggde dekor till teatern och Ulf löste praktiska delar som budget och schema. Tillsammans, teamwork och lagkänsla är viktiga ord i idrottsvärlden, man är aldrig bättre än sin svagaste länk. Vi kunde aldrig nått de framgångar utan den starka lagkänslan och den grymma gemenskapen som fanns i gruppen.

Vi påverkade och samverkade med aktörer som polis bostadsbolag, socialförvaltning, kyrka, folkhögskolor, studieförbund, föreningsliv och skolor. Ett bra exempel på ett gott samarbete var när bostadsbolaget Eidar stöttar fritidsgården ekonomiskt så att vi kunde ha öppet på söndagar under en period. Ungdomarna fick en öppen inkluderande och kreativ träffpunkt istället för att stöka omkring i bostadsområdet. Bra för de boende i området, socialtjänsten, polisen, bostadsbolaget och oerhört viktigt för ungdomarna och deras föräldrar.

Vi hade en hunger och ett driv att alltid **upptäcka nytt**, Vi startade upp en motorverkstad i Upphärad, vi bildade en innebandyförening (IBK Lexington), vi satte upp tre teaterföreställningar, vi cyklade till Stockholm, vi åkte till Auschwitz vid två tillfällen, vi reste till London med café-gruppen, släppte CD skivor och vi byggde en inlines-rink.

Vi såg till att ha **roligt**, att kunna skratta och ha humor stärkte vår vikänsla. Vi kombinerade nytta med nöje och därmed stärkte vi lagandan i personalgruppen. När vi hade roligt tillsammans då skapades goda idéer. Humorn är en viktig ingrediens i ett lagbygge. Vi vågade skratta åt varandra och göra bort oss inför kollegorna, med andra ord så var vi väldigt trygga och bekväma med varandra.

Vi såg inga hinder. Har vi kunskap? Har vi ekonomi? Hur ska vi genomföra? Får man göra så här i kommunal regi? Ungdomarna såg aldrig några hinder! Vi misslyckades ibland och lärde oss av det men blev allt modigare med tiden och lyckades succesivt allt oftare. *"vågar du inte misslyckas så lyckas du aldrig"* - Arnold Palmer.

Bild: Okänd konstnär   Bild: Jennifer Pommer Adler

Vi hade en iver att vilja **påverka** ungdomar, makthavare, allmänhet och civilsamhället. Vi blev en viktig spelare i stadsdelen och kommunen med tiden. Vi ville vara en viktig samverkanspartner och bollplank i och för andra verksamheter som föreningslivet, kyrkan, bostadsbolag, socialförvaltningen, polis och studieförbund.

Lyhördheten mellan personal och ungdomar var mycket viktigt. Alla ungdomar har en inneboende kraft, det handlar bara om att hitta den och se bortom eventuella bekymmer som hen bär på. Vi måste lyssna på dem och ta dom på allvar. En ungdom märker ganska snart om du är ärlig och lyssnar på riktigt. Lyhördheten och nyfikenheten ligger till grund för ett berikande och kreativt ungdomsarbete. Ungdomarna är vår framtid.

När en verksamhet eller ett projekt hade slutförts, då började **utvecklingsarbetet** med nya goa verksamhetsidéer. Hos personalen fanns hela tiden en vilja att göra skillnad och bidra till utveckling. Utvecklingsarbetet började nästan alltid vid lunchbordet där vi plockade upp idéer och trådar som ibland hade sitt ursprung utifrån samtal i den öppna verksamheten och ibland så kom det geniala idéer direkt från personalen. Ibland så planterade även vi i personalen idéer hos ungdomarna som mynnade ut i nya verksamheter. För att kunna utveckla verksamheten var vi ständigt tvungna att göra prioriteringar. Kvalitetsrapporter, ekonomiska rapporter, kemikalieförteckningar, säkerhetspärmar och annat fick vi sköta med vänster hand.

Ta er tid att noggrant utvärdera och analysera projekt och verksamheter för att se vad som var bra och kanske mindre bra. Se till att er årsberättelse inte blir en hyllvärmare, analysera berättelsen noga så ni vet vad som behöver åtgärdas, kanske skrotas eller bevaras och eller förstärkas.

Omvärldsbevakning är en viktig del av utvecklingsarbetet för att hänga med i ungdomskulturerna som råder för tillfället samt att ha god kunskap om sin egen kommun, Sverige och världen. Man förstår bättre sin egen roll om man känner till hur omvärlden fungerar. Kan du din historia förstår du bättre nutiden som en klok person sa! Om du har en god kunskap om din egen verksamhet samt om hur omvärlden fungerar, då blir du trygg i dig själv och ger bra signaler till ungdomar och andra.

Bild från Lexingtons arkiv.

"VÅRA IDÉER PLANTERADES VID LUNCHBORDET"

Samtalen vid lunchbordet och med ungdomarna i den öppna verksamheten med var grunden till de olika framgångsrika verksamheterna och projekten. Det spontana och tillåtande klimatet vid lunchbordet gav många olika verksamhetsidéer. Det var vid lunchbordet det hände, därefter spikades idéerna vid ett planerat verksamhetsmöte och ibland tillsammans med ungdomar under kvällstid efter överläggningar vid köksbordet. Det fanns något kreativt och lustfyllt när vi satt vid lunchbordet i goda vänners lag och käkade gott. Är magen glad då är människan glad och glada människor blir lättare kreativa. Humorn vid bordet var alltid närvarande, humor och en glad mage gjorde samtalen vid bordet kreativa, bekväma, respektfulla och tillåtande.

Vid lunchbordet var också Lennart Andersson närvarande, vår hustomte som inte var skolad inom verksamheten. Lennart såg och kommenterade våra idéer med andra ögon än fritidsgårdsögon vilket var positivt för oss, han var också ett levande lexikon. Vi lagade och åt mat tillsammans i köket, ett ostört ställe där vi trivdes bra. Köket och lunchbordet var också ett mycket attraktivt ställe kvällstid för ungdomarna att kunna umgås och hänga i. Köksrummet har ju sedan urminnes tider varit en naturlig samlingsplats för familjen. Lunchbordets betydelse var avgörande för vår framgång. Vid lunchbordet sådde vi frön och planterade idéer.

Undersökningar visar att småprat mellan kollegor ökar gemenskapen, ger ny energi och gör oss mer kreativa. Många idéer föds under de mer informella pratstunderna. källa: www.convini.se

"Din positiva handling kombinerat med positivt tänkande mynnar ut i framgång." - Shiv Khera

"Du missar 100 % av de gånger du inte försöker."
- Wayne Gretzky

"En person med en ny idé är en surpuppa tills idén lyckas."
- Mark Twain

"Misslyckande är framgång om vi lär oss från det."
- Malcolm Forbes

"Det finns en drivkraft som är kraftfullare än ånga, elektricitet och atomkraft: viljan."
- Albert Einstein

"Självförtroende är framgångens första hemlighet."
- Ralph Waldo Emerson

"80 % av framgången är att vara närvarande."
- Woody Allen

CHEFSROLLEN

Erfarenheter från Ulf Svernhammars tid som chef inom fritidsgårdsverksamheten; Jag själv har arbetat som föreståndare på Lexington fritidsgård och på senare tid chef för fritidsgårdsenheten i Trollhättan. Mina erfarenheter som föreståndare visar på vikten att bli en i gänget och tona ner chefsrollen. Det är viktigt att du som chef arbetar lika många kvällar som fritidsledarna och är med i verksamheten på riktigt, du kanske har en egen gruppverksamhet. Gräv inte ner dig i administrativa göromål och bli en penntuggare. Se alltid till att ha personalen, besökarna och verksamheten överst på agendan. Se över vilka möten du verkligen behöver gå på, det är lätt att möta ihjäl sig.

Se till att ge möjligheter till att utveckla dig själv och dina medarbetare. En bra chef ser till att utveckla och stärka sina medarbetares specialkunskaper samt deras unika roll i ett lagbygge. Det finns ingen motsättning mellan individens utveckling och en riktigt stark lagkänsla. Delaktighet och en inre motivation är nödvändiga för att skapa en trygg, kreativ och stark arbetsgrupp. Om du agerar som ovan då behöver du inte använda ordet chef eller peka med hela handen. Du blir mer som en i gänget och gör ingen större affär av att vara chef. En reflektion från fotbollsvärlden, en duktig fotbollstränare ser vad den enskilde spelaren behöver för sin egen utveckling samtidigt ser tränaren till att spelaren förstår sin roll laget.

HUR FICK VI DEN "GOA VIKÄNSLAN"?

Exempel på den "goa vikänslan" är när Gullan kommer till fritidsgården och är förtvivlad över att det regnar in i deras hus. Hon förklarar situationen för oss vid lunchbordet. Micke som är en otroligt händig man, säger att *"det fixar vi tillsammans"*, vi andra ställer givetvis upp som hantlangare. Sagt och gjort så åker vi ut till Gullan en kväll och lagar hennes tak. Vi lagar taket, samtidigt äter vi gott och har roligt tillsammans, den kombinationen gör att det otroligt tunga takarbetet inte blir så jobbigt.

Ett annat exempel är när vi hjälper Mickes familj att flytta, självklart ställer vi upp och hjälper till. Detta var bara två exempel på hur tajta vi var i arbetsgruppen. Dessa självklara hjälpinsatser föregås av att vi under lång tid lärt känna varandra på djupet och skapat ett bra klimat. Vi var väldigt bekväma och trygga med varandra och stöttade varandra i vått och torrt.

GODA RÅD

➢ Svetsa samman arbetsgruppen. Gör trevliga saker tillsammans där alla känner sig bekväma. Intressanta studieresor, gemensam friskvård och afterwork är bara några exempel.

➢ Laga god mat och fika tillsammans. Det stora runda lunchbordet och fikarummet är bra platser att plantera idéer på.

➢ Var en bra lyssnare och reflektera tillsammans. Det viktiga är vad som sägs inte vem som säger det. Alla samtal och diskussioner behöver inte nå enighet.

➢ Ha mod att våga utmana dig själv och tänk utanför boxen. Detta görs även med fördel ihop med kollegor och ungdomar. Det är av misstagen man lär sig.

➢ Alla ungdomar har en inneboende kraft. Det är av stor vikt att försöka att hitta den och se bortom eventuella bekymmer som hen bär på. Det är ungdomarna som är vår framtid!

➢ Som chef, se till att ha båda fötterna på jorden. Tona ner chefsrollen och bli en i gänget!

➢ Bli inte övertalad, se till att själv bli övertygad! Man vet inte förrän man har tänkt själv!

➢ Bli inte ett rundningsmärke. Ständig utveckling och omvärldsbevakning är viktig för din och andras tillfredsställelse.

➢ Se till att alla eventuella störningsmoment är undanröjda. Inga mobiler på verksamhetsmöten och ha fullt fokus på det ni verkligen skall göra.

➢ Viktigt att skilja på arbetstid och fritid. Om din fritid känns tillfredsställande då smittar det av sig på din arbetstid och tvärtom.

Ungdomarna är framtiden på Lextorp

FOTO: JOACHIM NYWALI

"INFÖDING". *Bjarne Andersson (mitten) har bott på Lextorp hela sitt liv. En stor del av livet har han ägnat åt barn och ungdomar. Nu är han fri tidsledare på Lextorps fritidsgård. "Vi vuxna måste lägga oss i vad ungdomarna gör. Det är ju dom som är framtiden."*

Tidningsklipp tidigt 90-tal från Trollhättans Tidning / Lilla Edet Posten.

ÖPPEN VERKSAMHET

Grundbulten i Lexingtons verksamhet var den öppna verksamheten. Fritidsgårdens utformning välkomnade ungdomar och gav dem möjligheter till aktiviteter såsom biljard, bordtennis, innebandy, sällskapsspel, dart, musik eller att "bara vara". Köket och caféverksamheten blev navet i Lexingtons öppna verksamhet, där man ofta kunde känna doften av nybakade bullar som såldes av ungdomar till ungdomar. Kommentarer från en del ungdomar var *"det känns som mitt andra hem"*, vilket var ett gott betyg på att vi hade lyckats göra fritidsgården välkomnande och trygg. När ungdomarna trivdes och kände sig som hemma fick vi ledare gratis hjälp att hålla ett trevligt klimat på fritidsgården.

En liten berättelse längst minnenas allé som vi vill bjuda på: Under en period praktiserade Håkan som var rörelsehindrad och rullstolsbunden på fritidsgården. Håkan arrangerade med stöttning av IK Drivringen flertalet träffar där ungdomar och vi ledare fick möjlighet att prova på rullstolsinnebandy. Det var otroligt svårt och utmanande men också väldigt roligt och ledde till många härliga och hjärtliga skratt. Detta gav en bra ingång för diskussioner om människors lika värde samt hur olika förutsättningar vi människor har.

Det var i den öppna verksamheten som merparten av idéerna föddes till de många olika verksamheterna och projekten vi bedrev. Många resor och utflykter planerades utifrån ungdomars intresse men ibland så lurade vi faktiskt iväg dem på nya äventyr för att vidga ungdomarnas vyer.

LONDONRESA

Ungdomar och fritidsledare planerade tillsammans hur man skulle kunna genomföra en resa till London. Ungdomarna var med och utformade innehållet i resan, de kollade upp tider för båtfärden, studiebesök, ekonomi och annat praktisk. 6 juni 1998 startade resan från Trollhättan.

Dagen innan avresan uppstod ett litet problem för en av deltagarna. Passet hade gått ut för ett år sedan! Allt löste sig med en tidig resa ner till en polisstation i Göteborg för att få ett tillfälligt pass. När vi väl har kommit till rätta på båten kommer en av ungdomarna fram till oss ledare och säger att man har ropat upp fritidsledarens namn i högtalarna. Det stämde att de hade ropat upp ett namn, men inte våra, däremot var det en annan fritidsgård från Örebro som hade spårat ur. Vi bodde fyra nätter på ett hotell i London och genomförde intressanta besök på bland annat Madame Tussaud vaxkabinett, London bridge, Towern, Buckingham Palace, Harrods och Carnaby Street.

En reflektion från båtresan var att våra hytter låg under vattennivån, filmen Titanic hade haft premiär detta år, ni fattar! Vi kom hem välbehållna och rika av erfarenheter efter en mycket lyckad resa.

Efter att ha varit hemma i någon vecka ringer det från högsta ledningen i kommunen och undrar om vi har varit i London. Problemet var att vi inte hade ansökt om att få att resa utanför Norden som man bör göra innan avfärd. Föreståndaren går upp till kommundirektören och får en underskrift i efterhand om att resan var okej, en juste dirre!

Londonresan och många andra resor som vi gjorde gav en mycket god sammanhållning på Lexington och bidrog till vår framgång och goda rykte. Att dela gemensamma minnen från resor och verksamheter med ungdomar har en mycket positiv inverkan på klimatet när vardagen kommer.

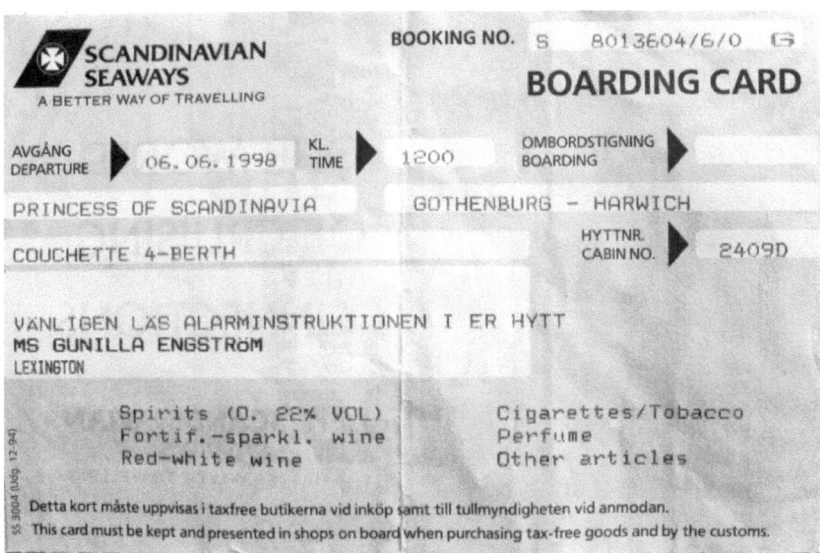

Vad händer? *Release*

- F R I T I D S G Å R D A R N A -

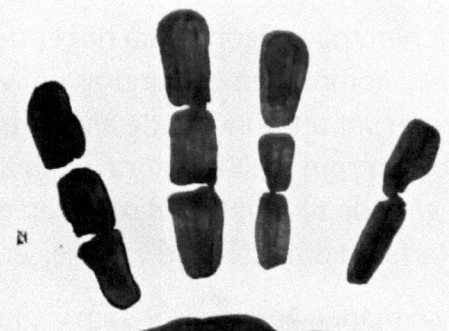

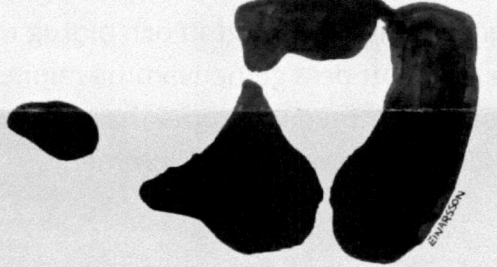

DIONYSIS

DISTAD FRAMTID

MOLLYTAJM

IMPIOUS

TID: FREDAGEN 26:e JANUARI, KL:19.00
PLATS: MAGASIN 15
ENTRÈ + CD PLATTA = 30 SPÄNN (!)

MUSIK

Vid tiden för öppnandet av fritidsgården1989 på Lextorp så var intresset för att spela instrument och vara med i ett rockband otroligt stort i Trollhättan. I den intilliggande stadsdelen Kronogården repade då cirka 30 rockband med i runda slängar 150 musikanter. Behovet av replokaler och speltillfällen var stort i staden. Ett musikhus skall byggas i Trollhättan, den stora frågan vid den tidpunkten var placeringen av detta.

Vi började köpa in lite instrument till musikrummet och sakta men säkert kom banden igång med sitt spelande. I december 1989 köpte vi en 4-kanalig portastudio och gjorde den allra första inspelningen på gården.

ROCKA LOSS PÅ LEXTORP

För att få ytterligare fart och utveckla musikverksamheten så startade vi upp ett musikprojekt tillsammans med SSU, "Rocka loss på Lextorp". Med hjälp av grundstommen i bandet Rat Salad så erbjöd vi intresserade ungdomar att vara med i en studiecirkel med inriktning på elgitarr, bas och trummor där slutmålet var att deltagarna därefter skulle lära sig att "spela i band". Som ett komplement till detta kryddade vi med workshops med inslag som arrangemang och inspelningsteknik. Projektet avslutades med en konsert utanför Lexingtons fritidsgård 31 maj 1991.

Rat Salad tidigt 90-tal Bild: Petri Stjernwall

ROCKGALA

ON STAGE:

RAT SALAD

NO II

SOUL WORK

Vi håller till utanför Lextorps
Fritidsgård
Fredag 31 maj kl 19.00
DROGFRITT
Arr: Lextorps Fritidsgård, SSU

GULDKORN I VÄGENS GRÅA DAMM

Det var full fart på musikverksamheten runtom på fritidsgårdarna i Trollhättan vid den här tiden. Vi ville dokumentera och föreviga detta på något sätt! Att göra en samlingsskiva vore ju kul! Mikael Teger på Studiefrämjandet hade lite koll på det här med inspelningar och hade precis köpt in en 8-kanals portastudio till Blå Huset på Kronogården. Vi hade många och långa diskussioner med Mikael om det skulle kunna vara praktiskt och ekonomisk möjligt att göra en samlings CD med unga gårdsmusikanter. Vi fick till en plan som höll i måttet och klartecken att köra på!

Sagt och gjort! I början på -92 började arbetet med att ta fram en plan för själva genomförandet av inspelningarna och själva CD tillverkningen. Det var oerhört utmanande och inspirerande på alla sätt, vi hade ju aldrig gjort något liknande förut. Inspelningarna på Lexington ägde rum 20/4 - 4/5 1992. Ett av Lexingtons två bidrag på skivan, punkbandet Fablerna hade då endast spelat ihop i 3 månader innan det var dags att gå in i studion, Crazy Nuts var dock mer erfarna. Fritidsgårdarna; Storegården, Strömslund, Sylte, Kronogården och Lexington är representerade på skivan. Ungefär 40 unga musiker i åldrarna 15-18 år medverkade på skivan och ingen av dem hade någon tidigare erfarenhet av inspelningar.

När inspelningarna med banden var avslutad kände vi att vi gjort något riktigt unikt och vi ville markera detta på något sätt. Enligt obekräftade uppgifter så var vi först i landet att släppa en samlings CD med fritidsgårdsband. Det hela utmynnade i att vi spelade in en låt för att hylla ungdomarna och deras insats, "vägens gråa damm". Skivan trycktes upp i 1000 exemplar. Releasen av skivan ägde rum 21 augusti 1992 och följdes upp med en release-spelning på en fullsatt Gigget special höstlovsrock i Festsalen (Gamla Folket Hus) 31 oktober 1992.

Crown Of Thorns skivdebuterade på denna CD, bytte namn 1997 till The Crown och har sedan dess i skrivande stund släppt 10 stycken studioalbum sedan starten 1990.

Fotosession på Jiffykullen 1992 Bild: Jean Johansson

GIGGET *spesial*

P R O U D L Y   P R E S E N T S

HÖSTLOVSROCK

DAMNED JAM

CROWN OF THORNS

PURPLE

GUNFIRE

DISHARMONIKERNA

WHO CARES

FABLERNA

CRAZY NUTS

PRODUCENTERNA

Festsalen (Gamla Folkets Hus)
Tisdag 27 oktober kl. 18.00
Entré 20:–

Arrangörer Fritidsgårdarna, Musikhuset, Studiefrämjandet, NBV

1992

FRITIDS GÅRDARNA
TROLLHÄTTAN

GULDKORN I VÄGENS GRÅA DAMM

Musikverksamheten var otroligt populär och replokalen var ständigt fullbokad. Många band ville spela in i studion och vi uppgraderade så småningom till en 8-kanalig portastudio för att bättre kunna möta upp behovet. Distad Framtid och Fablerna gav ut sitt material på kassettband. Vi arrangerade även en del mindre konserter på gården där spelade b.la bandet Satans Slynor som vid den tiden var Trollhättans enda tjejpunkband. Musiklivet i Trollhättan fick ett ordentlig lyft när stadens nya musikhus M15 öppnade 1993. Mer replokaler i staden och fantastiskt fina möjligheter för att arrangera konserter gavs. Musikintresset på gården avtog aldrig under 90-talet utan bara fortsatte att växa och hittade nya former.

FRÅN LEXINGTON TILL GLOBEN

I april 1995 arrangerades en workshop i samverkan med Studiefrämjandet som en del av förberedelserna inför kommande inspelningarna av CD:n "Vad Händer?" Janne Bark, gitarrist (Ulf Lundell, Triad) berättade b.la om hur STIM fungerar och om de händelserika åren med Ulf Lundell. Visste ni förresten att "Öppna Landskap" var en rocklåt innan Lundells studiomusiker arrangerade om den? Han visade lite trix och gav en hel del tips till de gitarrintresserade ungdomarna. Det hela avslutades med att han spelade några Sex Pistols-låtar tillsammans med några punkiga deltagare. Innan Janne Bark lämnade Lexington frågade han några ungdomar om de gillade ishockey, något förvånande över frågan var de, men det kröp allt fram till sist att ett visst intresse fanns. Okey säger Janne, kolla invigningen av ishockey VM på lördag då, "okey då" mumlar någon till svar! Tre Kronor, Nick Borgen och Janne Bark äntrar scenen på Globen och framför VM-låten "Den glider in". Sverige vann öppningsmatchen mot Norge med 5-0 och gissa vad måndagssnacket på gården handlade om.

VAD HÄNDER?

1995 var det dags för nästa CD, denna gången en något kortare variant med 5 låtar. Distad framtid var Lexingtons bidrag. Arbetet inför och själva genomförandet skedde med hjälp av ett utbildningspaket med Mikael Teger och Studiefrämjandet. Banden fick lära sig hela processen, allt ifrån STIM, arrangemang, texter och träning inför själva inspelningen. Under höstlovet fylldes Lexington med lovande unga musiker inför själva examensarbetet.

Owe Einarsson timanställd hos oss skapade en oljemålning som fick pryda framsidan på CD:n. Målningen smyckade sedan foajén i Trollhättans Stadshus i närmare 20 år.

ABSOLUT 10 ÅR

15 februari 1999 fyllde Lexington 10 år och denna dag firades ordentligt med liveuppträdanden, gofika och en massa trevligheter. Vi släppte också en CD med tidigare outgivet material, inspelat under åren 1989 -1999. Medverkade band: Corpus Delicti, Lennarts Hjältar, Djävulens Barn, Instinct, Fablerna, Distad Framtid, Happy Vibes och Simon. V. Skivan tillverkades i 60 exemplar och sålde slut under Lexingtons 10-års jubileum.

THN COLLECTION – THE NEXT GENERATION

En samlingsskiva utgiven av M15, fritidsgårdarna, NBV och Studiefrämjandet. Projektet stöttades av Folkets Hus Kulturhus. Happy Vibes & Bogdan Boyz som då repade på Lexington representerade fritidsgårdarna på skivan. Även skådespelaren Mathias Rust känd från Fucking Åmål medverkade på skivan med sitt band Tom Fredriks Teater

HAPPY VIBES

Happy Vibes började sin otroliga resa i Lexingtons replokal, de gick från att knappt kunna spela till att bli grymma musiker på kort tid. De medverkade som husband i de två första teatrarna som vi på Fritidsgården satte upp med ungdomar på gården.

De två låtarna från Thn Collection - The next generation skickades till Grand Recordings (Virgin) och inom en vecka fick de ett positivt svar! På grund av medlemmarnas ringa ålder (12-16 år) fick även föräldrarna flygas upp till Stockholm för signering av kontraktet.

Bandet spelade in under två veckor i Per Gessles studio, TITS & ASS med Mats Persson (Gyllene Tider) som tekniker. Dessa inspelningar resulterade i två CD singlar som även fungerade som soundtrack till ungdomsfilmen Cherdil. När andra singeln You skulle släppas hörde Grand Recordings av sig och undrade om de fick använda inspelningen av låten Heaven som spelades in till Thn Collection - The Next Generation. Klar att de fick göra det:) Happy Vibes kunde höras och ses på både radio, TV och på konserter under slutet av 90-talet samt början av 2000. Efter några fartfyllda år och utan att riktigt nå några större kommersiella framgångar upplöstes bandet.

Nicke Forsberg: Trummis, Jesus Chrüsler Supercar
Magnus Nilsson: Bas, The Royal Concept
Mikael Nilsson: Gitarr & sång
Petra Lennartsson: Sång
Lars Karlsson: gitarr, trumpet & sång

IDROTT

Inne på fritidsgården spelade vi innebandy, bordtennis, biljard och dart och utanför gården fotboll, volleyboll och inlineshockey. Ett stenkast från Lexington ligger Granngårdens idrottsanläggning, där vi hade en återkommande bokad tid på tisdagskvällar för att spela innefotboll, innebandy och squash.

Tisdagsfotbollen på Granngården var mycket välbesökt. Många av ungdomarna som deltog på tisdagskvällarna ville lira fotboll i en lagom omfattning, inget kontinuerligt tränande flera gånger i veckan. En del av ungdomarna hade dessutom slutat att spela i föreningslivet. Vi startade upp ett samarbete med den lokala fotbollsföreningen IFK Trollhättan och Kronogårdens fritidsgård. Detta resulterade i ett C-lag. Syftet med C-laget var att få ungdomar oavsett ursprung att idrotta och umgås utifrån ett gemensamt intresse. Vi spelade i en lokal C-lags serie med växlande resultat. Förutom den lyckade mixen av ungdomar bestod laget av fritidsledare, två gamla fotbollsikoner från staden, Ulf "Ula" Andersson och Jan-Åke "Bullen" Andersson samt en lokalpolitiker vid namn Peter Johnsson som senare blev riksdagsman.

Eftersom intresset för innebandy och att få spela riktiga matcher var så stort började vi att spela i en korpserie för att senare bilda en innebandyförening som givetvis fick namnet IBK Lexington. Laget tränade på Granngården och spelade seriespel med skiftande framgång.

Fritidsgården anmälde nästan årligen ett och ibland flera lag till en stor innebandyturnering i Kinna som hette Innebandynatta. Lag från hela Västsverige var med och tävlade och Lexington vann hela turneringen ett år ☺ Vi var också med och startade upp en innebandyturnering som hette Lussecupen som spelades på Arena Älvhögsborg. Det var en mycket populär och välbesökt turnering för alla högstadieklasser i staden med tillhörande disco.

En anekdot från Lussecupen var när lille Achmed frågar "Lomme" fritidsledare på Sylte fritidsgård. *"När är Lussecupen Lomme?"* Lomme" svarar, *"sug på namnet Achmed"* Han funderar en stund och utbrister *"vid jul va?"*

En annan anekdot från innebandytiden var när dåvarande personalchefen i kommunen ringer till Lexington och frågar om hans son Jacob kan börja träna med IBK Lexington. Inga problem svarar vi! Han valde fotbollen istället, verkade som ett utmärkt bra val! Jacob avgjorde VM-kval matchen mot Italien med sitt 1-0 mål!

Bild målad av okänd ungdom i teateruppsättningen.

TEATER

Vi lyckades att sätta upp inte mindre än tre föreställningar "Rödluvan och Vargen", "Häxans Hämnd" och "Det Spökar på Vinden". Föreställningarna sattes upp i Polhemsskolans aula och Saga-biografen. Föreställningarna besöktes av cirka 2500 barn från låg- och mellanstadieklasser i kommunen. Karin och ungdomarna repade under lång tid för att sedan ge föreställningarna.

Karin lyckades med sitt stora teaterkunnande och brinnande engagemang att stärka ungdomarna och öka deras självförtroende så att de fick mod att uppträda på scenen. Efter föreställningarna ökade intresset bland ungdomarna på fritidsgården för att få vara en del av kommande teaterföreställningar.

Vi såg hur ungdomarna växte med uppgiften och fick ett mycket gott självförtroende. All personal var involverade i teaterprojekten på ett eller annat sätt. Micke byggde dekor och målade med ungdomar. Bjarne arrangerade musiken tillsammans med Happy Vibes som agerade husband till två av föreställningarna. Gullan och café-gruppen ordnade försäljning vid Saga-teatern med lite hjälp av Ulf och Karins mammor. Ulf höll i praktiska bitar som ekonomi, schema, lokaler med mera.

Bilder från Lexingtons arkiv.

TJEJVERKSAMHET

Med anledning av att tjejerna var i minoritet på Lexington, skapade vi tjejgrupper för att behålla, stärka och välkomna nya tjejer till Lexington. Vi arbetade medvetet för att lyckas med vår satsning. Det gav ett lyft för tjejerna men också ett lugnare klimat på fritidsgården där balansen mellan tjejer och killar blev bättre. Innehållet i tjejverksamheten kunde vara olika aktiviteter så som filmkvällar, bakning, idrott, samhällsdebatter på fritidsgården till mindre studieresor utanför kommunen. Mellan varven arrangerade tjejerna disco och bakade för att samla pengar till resor, man besökte bland annat Gotland och Danmark. Tjejerna arrangerade varje år en alternativ Nobelfest på fritidsgården vilket alltid var ett populärt inslag i december på Lexington. Tjejerna använde också fritidsgårdarnas sommargård i Öresjö för läger och diverse friluftsaktiviteter.

CAFÉGRUPP

När den nya fritidsgården stod klar gavs det goda förutsättningar att bedriva caféverksamhet med ungdomar som ansvariga. Caféet var hjärtat på Lexington och cafégruppens arbete var viktig för hela fritidsgården. En eftertraktad gruppverksamhet där många ungdomar och verksamhetsgrupper på fritidsgården turades om att vara med i. Arbetet i café-gruppen bestod av att ansvara för försäljningen samt inköp till det som skulle säljas och råvaror för att baka med. Allt med fokus på besökarnas önskemål. Ungdomarna gjorde själva upp arbetsscheman där man turades om att arbeta i caféet. Ungdomarna i gruppen bestämde själva vad man skulle göra för vinsten, det blev nästan alltid en resa någonstans. Ett väl fungerande och väldoftande kök och café gav ett välkomnande intryck för både gamla som nya besökare.

VERKSTAD

I Upphärad, en dryg mil utanför Trollhättan bedrev vi en motorverksamhet i olika former. Mikael bedrev tillsammans med timledare verksamhet i verkstaden en till två gånger i veckan med motorintresserade ungdomar. Det mekades med en mängd olika fordon såsom; crosscyklar, gokarts, bilar, minibussar och båtar. Mikael och ungdomarna från verkstadsgruppen bidrog också i andra verksamheter på fritidsgården och i teaterföreställningarna. Gruppen bidrog med bland med snickeri, målning och dekorbygge.

Verkstan i Upphärad var ett viktigt andningshål för många av ungdomarna, där små grupper av ungdomar träffades i en lugn miljö mitt ute i spenaten. Miljöombytet, lugnet och den tekniska utmaningen var utvecklande för många ungdomar.

En rolig anekdot från verkstan är alla de olika privata inköpen som vi gjorde. Vi hade en kontaktperson på kommunens inköpsavdelning som ständigt hade frågor när vi skulle göra privata inköp av bland annat gokart, crosscykel, skrotbil och efter mycket tjatande en båt.

Personen på inköpsavdelningen stönande varje gång när vi kom med inköpsförslag av det lite mer udda slaget. Personen var hjärtligt trött på våra önskemål om privata inköp till verkstaden. Vi ringde upp inköp en gång för att kolla om vi fick tillstånd att köpa ett lok, det blev alldeles tyst i luren, efter ett tag skriker personen högljutt i telefonen "ett lok" Vi fick lugna personen och säga att detta var ett skämt!

FRILUFTSLIV

Friluftsliv i någon form genomsyrade nästan all vår verksamhet på Lexington. Nästan alla verksamhetsgrupper på gården använde fritidsgårdarnas sommargård i Öresjö för att bedriva friluftsaktiviteter såsom kanoting, fiske, bad och vandringar. Vi arrangerade även en del fiskeresor då det var populärt bland våra ungdomar. Hallsjön på Halleberg och Hökensås i Tidaholm besöktes frekvent.

Ett gäng killar på gården tjatade en längre tid att de ville göra ett överlevnadsläger. Efter mycket tjat samlade vi killarna och gick igenom förberedelser inför lägret. Ihop med ungdomarna bestämde vi oss för att åka till Herrestadsfjället utanför Uddevalla för att vandra och övernatta under bar himmel. Lite smittade av den främlingsfientliga tonen som rådde på Lexington skulle dessa enligt de själva, vikingar klara detta med bravur! Vi åkte med en minibuss till foten av fjället för att sedan vandra i tre dygn. Efter två timmars vandring kräktes första vikingen, efter ytterligare några timmar började gänget att gny *"när är vi framme?"* Irritationen växte för varje gång vi ledare sa att nu är vi snart framme för att slå läger. Innan vi slog läger kom en förälder till en av vikingarna för att köra hem honom. De andra som var helt slut i kropparna tog fram sina sovsäckar för att vila och sova.

Efter en natt med otroligt mycket mygg och knott var stämningen mycket dålig, alla grabbar skrek i kör *"Vi vill hem"*. En av ledarna fick jogga ner till minibussen cirka 10 km för att sedan köra hem oss till fritidsgården. (se till att gå in dina vandringsskor innan du ger dig ut!). Efter några veckor hemma i civilisationen så snackades det inte så mycket om vikingar. Grabbarna höll en ganska låg profil om lägret!

Bild: Gunilla Engström

ALTERNATIV SKOLGÅNG

Lexington fritidsgård och högstadieskolan Pettersberg skapade ett samverkansavtal, där ungdomar som inte klarade av vanlig skolgång delvis fick sin undervisning på Lexington. Två mindre grupper bildades som träffades på Lexington ett par gånger i veckan. Vår metod var att smyga in kunskap (det informella lärandet) på ett för ungdomarna intressant sätt utifrån ungdomarnas egna individuella intresseområden. Några exempel här nedan:

- ❖ Skapa musik i studion - Skriva texter (svenska och engelska) och räkna takter (matte).
- ❖ Redovisa en engelsk fotbollsklubb - Läsa tabeller (matte, engelska och svenska) och var kommer spelarna ifrån? (geografi).
- ❖ Baka bröd och kakor - Läsa recept (hemkunskap, matte och svenska).

Förutom verksamheten på fritidsgården gjordes kortare resor där vi bland annat besökte museum i Göteborg och Havets Hus i Lysekil. Vi gjorde även mindre studieresor i vårt närområde för att ge ungdomarna kunskap om Trollhättan.

En anekdot från en av de kortare resorna var när en ledare och tre ungdomar skulle åka ner till Nordeabanken för att sätta in cafépengar. En mycket vänlig kassörska visar ungdomarna hur insättningen går till. När allt är klart säger hon, *"vänta lite så skall ni få varsin present från banken"*. Efter ett tag kommer kassörskan tillbaka med tre spargrisar som är utformade som riktiga grisar, två av ungdomarna tittar lite undrande på kassörskan men tar emot presenterna. I bilen på hemresan säger en av ungdomarna, *"jag kan inte komma hem med den här grisen, vi äter inte gris"* En liten kulturkrock kanske?

Lärarna på Pettersbergsskolan gav oss mycket beröm för gårdens insats rörande ungdomarna och kunde se att det fungerade succesivt allt bättre i skolan. Det var en mycket lärorik period där fritidsgårdens verksamhet och personalens kunskap kom till sin rätt. Man ska aldrig underskatta det informella lärandet!

Ytterligare ett bevis på att vårt lärande och verksamhet var uppskattat är när en av flickorna flyttar till Uppsala, därifrån skickar hon ett vykort och skriver *"ni trodde på mig, ni var underbara, bästa tiden i skolan, jag kommer aldrig att glömma er, god jul på er och hälsa dom andra"*

Bilder från Lexingtons arkiv.

RASISM

Under 1990-talet blev Trollhättan känd som rasismens huvudstad i media. Misshandeln av en Somalisk man och moskébranden var två stora dåd i mitten på 1990-talet. Arbetet på Lexington färgades givetvis av rasism och främlingsfientlighet. Lexington fick under en tid stämpeln som "Rassegården". Konflikten mellan ungdomar på Lextorp och Kronogården satte fingret på hur viktigt det var att hitta lösningar och samverkansformer med polis, föreningar socialförvaltning, skola och föräldrar.

Ett bra exempel på en verksamhet som fungerade väl under dessa ansträngda tider var bildandet av ett C-lag under IFK Trollhättans flagg. Ungdomar från de två ovan nämnda stadsdelarna medverkade utifrån ett gemensamt och stort fotbollsintresse.

Förutom alla viktiga ideologiska diskussioner under det löpande kvällsarbetet så gjorde vi en resa till Berlin samt två resor till Auschwitz som mynnade ut i föreläsningar med gott resultat.

Många blev tagna på sängen av rasismens och främlingsfientlighetens framfart och omfattning i Trollhättan. Vit makt-musik, symboler samt de olika rasistiska grupperingarna var helt okända till en början.

Med facit i hand var media en stor bov i dramat, de förstorade ofta upp mindre händelser till stora dåd. Janne Josefssons samhällsprogram målade upp bilden av en svensk kille som skulle vilja döda varenda invandrare. Föräldrarna försökte förgäves att stoppa inslaget i TV utan framgång och killen fick fly från kommunen under en tid.

Grogrunden för konflikten och den stora polariseringen var ett samhällsklimat där flyktingpolitiken blivit en mycket het och infekterad fråga. Sverige präglades under 1990-talet av hög arbetslöshet, starka sociala spänningar och främlingsfientliga tongångar

Detta är vår berättelse om de kreativa åren

Lexington i våra hjärtan för evigt

Ulf & Bjarne